SECONDE

IOVRNALINE

DE

M· LE FEVRE·

Felices artes essent, si de illis soli artifices judicarent. Quintil.

A SAVMVR.

M. DC. LXVI.

SECONDE
IOVRNALINE.

DE
Mʳ LE FEVRE.

A Mr. *BAVDRY*, à *Forges*.

De Saumur, le 16. Iuillet 1666.

Ssvre'ment, mon tres-cher Monfieur,
vous n'auez pas receu mon dernier pac-
quet; Car vous ne me parlez point de
certains petits vers, moitié burlefques,
moitié ferieux, que ie vous enuoyé il y a enuiron trois femaines. Il faut donc que ie les vous
enuoie encore pour la feconde fois; peut-eftre
ne vous déplairont-ils pas: peut-eftre méme qu'ils
contribueront quelque chofe à la digeftion de vos
eaux, & que vous ne ferez pas fâché d'auoir quelque petite nouueauté dont vous puiffiez faire part
à la belle compagnie qui boit auec vous,

A

SECONDE
FABLE D'ESOPE.

D'Esope le texte authentique
Dit qu'vne nuit Vipere famelique
Chez vn Armurier entra,
Et que Lime y rencontra.
Bon, bon, dit alors Vipere,
Voicy, voicy noftre affaire,
Nous auons dequoy ronger,
Nous auons dequoy gruger.
Cela dit, elle s'auance
Pleine de douce efperance :
Et d'vn mouvement ardent
Sur Lime applique la dent.
Mais Lime, dont l'humeur eft felonne & maline,
Se réveille à l'inftant de fon fommeil profond,
Et d'vne voix fiere & mutine,
En ces termes luy répond :
Vous eftes befte peu fine,
De fçauoir que ma dent l'acier le plus dur mine,
Et de venir pourtant prés de moy fretiller,
Et fortement me réveiller ;
Si beurre frais mordiez, ou mordiez gras fromage,
L'on vous croiroit befte plus fage.
C'eft ainfi qu'elle parla,
Et Vipere s'en alla.

Vous voyez bien que quand je traduifis ces vers
de Phedre, ie m'imaginois que le Iournalifte me
laifferoit en repos. En effet i'auois déja demandé mon congé à l'Académie, i'auois bourfillé

quatre-vint piſtoles pour aller à Paris, i'auois
envoyé des arres au Carroſſe de Tours, i'auois
dit adieu aux perſonnes qui me ſont cheres, &
ma valiſe eſtoit chez le meſſager. Mais en verité ie me trompois bien, quand ie diſois,

> *C'eſt ainſi qu'elle parla,*
> *Et Vipere s'en alla.*

Car au lieu de partir auiourdhuy, il faut de ne-
ceſſité que ie demeure encore icy trois iours, &
que ie réponde, quoy qu'en déſordre, au terrible
Monſieur Gépé. Cét homme qui veut toûjours
parler le premier & le dernier, me vient d'accabler
tout preſentement de quatre pages journalines
qu'il a compoſées pendant l'eſpace de douze jours.

> *Helas, triſte déconvenuë,*
> *Helas, trois fois helas, Vipere eſt revenuë,*
> *Et dit ſoufflant, ſifflant, que Lime elle mordra,*
> *Et juſqu'au vif la rongera.*
> *Mais ſavez-vous auſſi ce que Lime fera?*
> *Liſez, Caro mio, le texte le dira;*
> *Lime les dents luy limera,*
> *Et ſes crochets luy rivera,*
> *Le ſieur FABRI badinera,*
> *Le Iournaliſte enragera,*
> *Et s'il rit aujourdhuy demain il pleurera;*
> *O! pour les Journalins triſte déconvenuë!*
> *Auſſi pourquoy, Vipere, eſtes-vous revenue?*

Adieu. Ie vous aime de tout mon cœur, aimez-
moy de même, mon tres-cher Monſieur.

SECONDE
AV LECTEVR.

Cher Lecteur, l'extrait du Iournal
Qui ne, fait à Fabri ny grand bien, ny grand mal,
Est à la fin de cette Iournaline
~~*Dans ceci ...*~~ ; *peu serieuse & fourbe bien*
Quiconque là le cherchera,
Assurément l'y trouuera.

AH que vous auez la peau dure, Monsieur Gépé! bon Dieu qu'elle est dure cette peau. Tout de bon, ie croy qu'vn cimeterre de Damas n'y feroit pas plus qu'vne belle petite épée de bois. On vous raille, on vous berne, on vous traitte de ridicule, on vous paye de raison, on vous refute *canonicamente*: on fait tout, enfin, & pourtant tout ce qu'on fait n'est rien : Vous auez dans la teste vne certaine dureté d'enclume, qui se mocque de tous nos marteaux : Il n'y a pas moyen de vous ranger: Tantost vous estes infidele, tantost vous tirez mal vne consequence : vous prenez vn terme pour vn autre : vous dites qu'on ne vous a pas répondu sur tel ou tel article : Enfin vous estes vn redoutable personnage. Mais ce que ie trouue de plus beau encore, c'est que vous dites à vos amis Que vous ne vous en tiendrez pas là, si ie replique; Si cela est, vous n'auez qu'à recommencer de plus belle, Monsieur; Car ie replique assurément, com- me vous allez voir, mais en peu de mots, s'il vous plaiſt, & eſcoutez bien, ie vous en prie : Ie vous diray les choſes fort nettement, & i'eſpere que pour peu d'attention que vous me donniez, vous entendrez aſſez clairement ce que l'on a à vous dire.

D'abord vous dites que *le Iournal du Iournal* eſt vn libelle, n'eſt-il pas vray, Monſieur? Et d'abord vous faites vne faute pourtant : C'eſt l'article de voſtre Gazette où il eſt parlé de moy, qu'il faut appeller de ce beau nom. Vous m'auez attaqué, comme chacun ſçait, & ie me ſuis defendu fort doucement : car ie ſuis tout amour & ſimpleſſe, & peut-eſtre vn des meilleurs garçons du monde: Qui vous a donné le droit de cenſurer par eſcrit les ouurages qu'on donne au public ? Ie vous l'a-uois déja demandé : mais vous ne répondez pas. Penſez-vous que cette Critique ſoit fort belle ? Et ne croyez-vous pas qu'à la fin les honneſtes gens s'en ſcandaliſeront? Pour moy ie croy que cela eſt déja fait, & les lettres que l'on m'eſcrit de Paris, m'en ont aſſeuré plus d'vne fois. Loüez, à la bonne heure, loüez, Monſieur, tant qu'il vous plaira, & les vns & les autres : Cela vous peut eſtre vtile: Les Libraires ne laiſſent pas d'eſtre quelquefois honneſtes & reconnoiſſauts : Quand on a dit du bien de leurs liures, il eſt certain que le debit en eſt meilleur, & ie ſçay des gens qui y ont gaigné Iaponoiſe, ſotane & manteau, gands & chapeau de caſtor, &c. Loüez donc, encore vne fois, ainſi ſoit-il, faites largeſſe ou trafic de voſtre approbation & de vos loüanges, mais ſur tout *ne jugez point de peur d'eſtre jugé.* Ie vous le dis charitablemét, & d'vn eſprit tout-à-fait Chreſtien: Vous y ſongerez s'il vous plaiſt. Car encore ſi vous auiez fait quelque liure de voſtre chef, cela iroit bien: mais dans les termes où vous eſtes, ie trou-ue que vous ioüez auec vn peu trop d'auantage: c'eſt ſe mocquer de ne mettre qu'vn liard con-tre vne double piſtole : ie ne ſçay pas qui voudroit ioüer contre vous.

Vous dites en ſuite que *ce Libelle eſt déja ſi dé-crié que perſonne ne veut plus prendre la peine de le lire, & que c'eſt pour cela qu'on a crû eſtre obligé d'en faire vn extrait, &c.* Et moy ie vous dis que de-puis quinze iours ou enuiron les Libraires de Pa-ris en ont tiré de Saumur plus de 300 exemplaires, de ce *Libelle ſi décrié,* & que le iour même que ie receu le Iournal auquel ie réponds preſentement, Monſieur Cramoiſy en demandoit encore 25 ou 30. quoy que huit iours auparauant il en euſt re-ceu vn cent de compte fait. D'ailleurs ce Li-belle n'eſt point ſi mal pris qu'il ennuye les gens, ne vous en déplaiſe; Et i'en ſçay qui l'ont leu trois & quatre fois & qui ne s'en ſont pas ennuyés: Ce-pendant ie ne veux pas dire qu'il plaiſe à tout le monde : les Iournalins ne ſçauroient l'aimer; mais ie ſçay bien auſſi qu'il n'y a pas beaucoup d'eſprit à faire ce que vous faites : & que quand on cherchera dans vos écrits, ou de l'addreſſe, ou de la viuacité, on fera toûjours pris pour duppe.

Mais, Monfieur, à propos d'extrait, ie trouue que vous eftes vn fort plaifant faifeur d'extraits,
& qu'en ce point-là, auffi bien qu'en beaucoup
d'autres, nous ne nous reffemblons guere. Quand
ie m'en méle, j'agis fimplement & fans fraude;
I'y vais groffierement, & comme vne bonne per-
fonne: i'expofe toutes les pieces du procez fans en
détourner aucune: je les mets fur le Bureau, & veux
bien que tout le monde les life. Or en confcience,
Mr. faites-vous de mefme ? eftes-vous fort fatis-
fait de voftre fincerité: & voftre cœur vous dit il
qu'il eft fidele, quand vous agiffez comme vous
faites? D'vn grand paffage que i'ay cité moy-mé-
me, d'vne Lettre Latine toute entiere que i'ay pro-
duite exprés pour vous convaincre de peu de fincerité, vous en tirés vn mot icy & vn autre là
pour prouuer le contraire de ce que i'ay dit fi
nettement. D'abord ie demande excufe dans cette
Lettre fi ie reprens Tite-Live ; Ie dis qu'il ne
fe fouuenoit pas de la fignification d'vn tel mot,
mais qu'il le fçauoit pourtant ; Enfuitte i'adioufte
que quand ie dirois qu'il n'auroit point fçeu du
tout le mot dont eft queftion, il ne faudroit pas
fe mettre au champs pour cela, & qu'Ariftote
luy méme, &c. Que Ciceron luy méme auoit
avoüé en quelque endroit que toute fa vie il auoit
ignoré ce que vouloit dire *inhibere remos*. Pour A-
riftote ie l'ay conuaincu par plufieurs paffages ti-

rés d'Herodote, de Plutarque, d'Hesychius, ou d'Eustache ; N'est-ce donc pas estre infidele que d'en vser comme vous faites ? N'est-ce pas abuser de vostre loisir ? N'est-ce pas tromper ceux qui lisent vostre Iournal ? Mais au fonds parlons Chrestien. Monsieur Gépé, voudriez vous soustenir que Tite-Live ne s'est point trompé ? Dites ouy ou non : de quelque costé que vous vous tourniez, vous serez fort pressé ; au moins pourriez-vous bien passer pour vn assez mauuais Geographe, si vous ne vouliez reconnoistre la verité de ce que i'ay dit sur la béveuë de l'Historien Romain.

Vous dites, page 324. de vostre Iournal. *Monsieur le Févre se plaint encore de ce qu'on a dit* qu'afin qu'on ne fust point surpris de sa hardiesse, il auoit adiousté, qu'il a monstré dans ses Notes sur Phedre, qu'Aristote ne sçauoit pas mieux le Grec, que Tite-Live le Latin. *Mais pour le conuaincre il ne faut que rapporter ses propres paroles.* Non minus æquo animo, *dit-il*, elegantiores homines laturi sunt *reprehendi* à nobis Liuium in *cognitione* Latinitatis, quàm nuper in nostris ad Phædrum notis Aristotelem in cognitione sermonis Græci reprehensum fuisse patienter tulerunt. *Pouuoit-on traduire ce passage plus fidelement qu'on a fait ?*] Et ie vous réponds, Ouy, Monsieur, on pouuoit traduire ce passage plus fidelement qu'on n'a fait, & ma premiere censure deuoit bien vous l'auoir fait sentir. C'est que la maniere dont vous vous

estes

estes serui pour expliquer ma pensée en François,
rend l'expression bien plus forte que celle qui est
dans le Latin que vous citez. Car, comme vous
sçauez tres-bien, sans doute, quand il est question de reproche & de blasme, & qu'on dit en
nostre langue, *Aristote ne sçauoit pas mieux le
Grec que T. Liue le Latin*, il semble qu'on vueille dire que l'vn & l'autre ne sçauoient pas leur
langue : & qu'Aristote ne sçauoit pas le Grec,
& que T. Liue ignoroit le Latin. Mais vous
sçauez bien que ie ne me suis pas expliqué de
la sorte Monsieur, j'ay dit seulement que l'on
pouuoit aussi bien *reprendre* T. Liue, qu'on a-
uoit *repris* Aristote : & ces termes-là, comme vous
voyez, ne laissent pas dans l'esprit du Lecteur vne
Idée si forte que celle que vostre traduction y lais-
seroit. Ce que vous adioustez ensuite, est vne pure
chicanerie & rien autre chose, [*Car de pretendre,
comme M. le Feure semble faire, que ces mots* Latinitas *&* sermo Græcus *ne signifient pas absolument le
Latin & le Grec, mais seulement vn mot Latin & vn
mot Grec, c'est ce qu'il aura de la peine à faire croire.*]
C'est vne chicanerie toute pure, vous dis-je, & il
n'est pas necessaire d'y répondre auec beaucoup
de soin. N'est-il pas vray, Monsieur, dans le sens
le plus rigoureux & le plus fort que vous puissiez
donner à mes paroles, que i'accuse seulement T.
Liue de n'auoir pas bien entendu vn certain mot
Latin ? Cela estant, quand ie dirois qu'Aristote,
qui n'a pas bien entendu vn certain mot Grec, est

B.

aux mesmes termes que T. Liue trouueriez-vous
que cette proposition fust fort estrange? Car aprés
tout il ne s'agit que d'vn mot, & non pas de l'e-
tenduë de toute la langue.

Mais tout cela n'est rien au prix de ce que vous
dites vn peu aprés : & ie ne doute point que les
cinq lignes qui finissent la page, ne vous ayent donné vne grande complaisance pour vous-mesme, &
que vous n'ayez crû estre déuenu Rheteur, voire
vn des plus fins Rheteurs. [*Là dessus, dites-vous,
M. le Feure se met sur ses loüanges, Il dit que ses liures
sont admirables*, qu'il faut sentir à demy mot le beau
& le fin des pensées & des expressions pour iuger de
ses ouurages, *& que* ceux qui ne les goustent pas,
ne sont pas assez fins pour estre trompez par vn
homme comme luy.] Voilà qui est beau, Monsieur, tres-assurément, mais beau pour vous, s'entend. Vous triomphez *in tunica Jouis*, & vous le
croyez bien : mais cette agreable illusion ne vous
durera guere. Quoy, c'est donc ainsi que vous
trompez les gens, & vous vous plaisez ainsi à en
faire accroire au monde? En quel endroit, s'il vous
plaist, ay je dit *que mes liures sont admirables?* Vous
voudriez bien que ie l'eusse dit, n'est-il pas vray?
Mais ie suis trop sage: Ie vous ay mesmes protesté
dans ma Censure que ie ne me picque nullement
d'estre sçauant : & s'il falloit auoir vne si haute
opinion de moy, ce ne seroit, en verité, qu'à cause
que vous m'auez traitté *d'ingenieux, de spirituel,* &c.

On m'a dit que vous estes Ecclesiastique ; Et faut
il que les Ecclesiastiques vsent de pareilles adresses?
Iesus Christ qui s'est appellé luy-mesme la verité,
approuuera-t-il vne si hardie imposture que la vostre, quand vous assurez que *j'ay dit que mes liures
sont admirables?* Ie ne sçay pas en quelle échole vous
auez apris les petits tours que vous sçauez. ; Mais
ie iurerois bien que ce n'a pas esté en celle de Sor-
bonne : car en ce pays-là le mensonge y est absolument condamné. Il n'en faut pas dire dauantage, mais au moins profitez de l'aduertissement que
ie vous donne, de ne mentir plus à l'auenir.   Ce
n'est pas tout neantmoins : n'est-il pas encore vray
que vous auez fait vne grande beueuë dans les paroles suiuantes, où vous croyez m'auoir donné
eschec & mat. [*M. le Feure dit qu'il faut sentir à demy mot le beau & le fin des pensées & des expressions
pour suger de ses ouurages?*] Vous vous estes allé plai-
samment imaginer que quand ie parlois *du beau &
du fin des pensées & des expressions*, ie voulois parler
de mes ouurages, & cependant il n'en est rien : ces
paroles, comme il est facile de le iustifier, se rap-
portent aux Autheurs Grecs ou Latins dont ie cor-
rige les passages corrompus   Voicy l'endroit de
la Censure, lisez-le, s'il vous plaist [*En effet il n'est
pas donné à tout le monde (ie le dis sans fanfaronnerie)
de suger de mes liures de Critique.   Il faut auoir leu tout
ce qu'il y a de bons Autheurs en Grec & en Latin ; Il
faut en auoir leu quelques vns plus de trois, plus de qua-*

tre fois : *Il faut auoir le naturel assez bien tourné du costé des Langues : Enfin il faut auoir l'ame capable de plusieurs formes, & sentir à demy-mot le beau & le fin des pensées, & des expressions.* Pour auoir esté sur les bancs quelques années, pour auoir leu quelques Homelies de S. Augustin ou de S. Chrysostome, ou quelque Traitté de *Rupert*, on n'en deuient pas plus capable pour cela d'vne telle besogne, non pas mesme quand on sçauroit sur le doigt toutes les pieces differentes qui composent l'Office d'vn Ecclesiastique, &c.] Ie vous demande, Monsieur, si tout ce que ie dis là n'est pas veritable: Pour lire des liures de Critique comme les miens, ne faut-il pas auoir leu les bons Autheurs? Pour sentir la verité d'vne correction, ne faut-il pas auoir le naturel assez bien tourné? Ne faut-il pas sentir *à demy-mot* la beauté d'vne pensée ou d'vne expression ? Et n'est-il pas vray aussi que certaines gens dont il est parlé ensuite, n'ont pas tout ce qu'il faudroit pour des compositions de cette nature ? Vous acquiescerez ou n'acquiescerez pas, ie m'en mets fort peu en peine: mais ie suis tres persuadé que les personnes de bon sens n'auront point d'autres pensées que les miennes sur ce suiet. Ie sçay bien, Monsieur, qu'en matiere d'Eloquence, le grand secret c'est de partager & de couper: mais quand il est question de produire vn témoignage escrit, il n'en va pas de mesme, on ne coupe pas comme vous faites. Pour le mot de Simonide qui disoit, *Ces gens-là ne sont pas assez*

fins pour eftre trompez par vne homme comme moy,
nous en parlerons tantoft fur le chapitre du *Regent
de troifieme*; en attendant fouuenez-vous que ie le
feray bon, ce mot, toutes les fois qu'il ne s'agira
que de traitter auec des perfonnes de voftre force,
& qui voudront entreprendre fur mon meftier.

Ie ne vous parleray point du paffage de Terence, ce feroit toufiours à recommencer. l'ay feulement à vous aduertir qu'en l'endroit où vous dites que ie me cite moy-mefme comme vn autheur
fçauant & fpirituel du confentement de tout le
monde, vous faites voir que vous n'entendez point
ce que c'eft que raillerie. l'en ay dépit, car ie voudrois, & de tout mon cœur, que vous euffiez vn
peu plus de viuacité que vous n'auez : relifez donc
s'il vous plaift, la page 18. de la Cenfure, & ne dites
plus *qu'il faut auoir vne grande demangeaifon de fe citer foy-mefme, pour fe citer fi mal à propos.* Vous verrez bien par la lecture du paffage, que quand ie
parle de la forte, ce n'eft qu'vne pure raillerie faite
au fuiet des eloges que vous m'auiez donnez, &
dont ie me pafferay toufiours plus aifement, que
de beaucoup d'autres chofes qui valent mieux.

Mais, bon Dieu, faut-il parler de l'Efcriture
fainte encore vne fois : En verité cela eft incom-
mode, & ie voudrois bien m'en difpenfer; Neantmoins il faut auoir vn peu de complaifance pour
vous, principalement quand vous deuenez agreable, & que vous faites quelque petit effort pour

railler. Ha, Monſieur, que ie vous ay donc d'o-
bligation, de m'auoir voulu apprendre que *huit*
ſont quantité : Me voila auſſi ſçauant qu'Euclide,
que Nicomachus & Diophante, pour le moins,
puiſque vous m'auez appris vne choſe ſi fine & ſi
b lle. Tout de bon i'ay affaire auec vn hôme bien
charitable. Il eſt pourtant vray que i'en auois quelque ſoupçon, de ce que vous m'auez appris, mais
à preſent ce qui n'eſtoit que ſoupçon eſt deuenu
ſcience: c'eſt pleine & entiere perſuaſió. Vous voiez,
Monſieur, que ie reconnois de bonne grace la bon-
té & l'affection de mes Maiſtres ; Mais trouuerez-
vous bon que i'oſe vous demander ſi la quantité
de *trois* n'eſt pas moins eſtenduë que celle de *huit*.
Ie ſerois bien aiſe d'eſtre vn peu eſclaircy là-deſſus:
Car, comme vous ſçauez, il n'eſt plus queſtion de
huit, il ne s'agit que de trois ; Et trois en matiere
de nombre ne ſemble pas eſtre vne fort grande
quantité : Outre que quand on dit en noſtre langue, *Il a touché à quantité de paſſages de l'Eſcriture*
ſainte, on entend vne quantité bien plus eſtenduë
que celle de trois ou celle de huit ; car ce mot de
quantité peut aller tout d'vn coup iuſques à trois
cens mille millions de millions, & c'eſt dequoy
vous ne me parlez point, quoy qu'il me ſemble
pourtant que ie vous euſſe donné ſuiet de m'en
dire vn mot en paſſant.

Mais c'eſt trop badiner, Monſieur, il faut que
ie vous prenne d'vne autre maniere, & que ie vous

diſe nettement que vous eſtes le plus pauure mor-
tel que ie connoiſſe. Quoy ? vous me faites dire,
*que ie n'ay point touché à quantité de paſſages, puiſque
ie n'ay touché qu'à huit ?* Et vous le faites par cet
argument de belle & bonne forme *Logicale ?*

*Celuy qui reconnoiſt auoir touché à huit paſſages, & qui dit
qu'il n'a pas touché à quantité de paſſages, ne ſçait pas
que huit font quantité.*

*Or M. le Feure reconnoiſt qu'il a touché à huit paſſages, &
dit pourtant qu'il n'a pas touché à quantité.*

Donc M. le Feure ne ſçait pas que le nombre de huit fait quantité.

La maieure eſt vraye.

La mineure ne ſe peut nier.

Donc M. le Feure eſt vn niais.

Pauure Baptiſte, Que le ciel, &c. Par voſtre foy
ne vous laſſerez-vous iamais d'eſtre ridicule, pie-
tre, plat & miſerable ? N'auez-vous point d'amy
à Paris qui vous donne quelques auis ? On m'auoit
dit pourtant que vous voyïez quelque-fois les honneſtes gens, & ie le croyois probablement : car qui
ne l'euſt crû, ſçachant que vous écriuiez toutes
les ſemaines ſous quelques perſonnes de qualité,
dont on ne m'a point dit le nom ? Tout de bon,
cette puante & ſale ſophiſterie peut-elle plaire à vn
homme bien fait ? ces ridicules pagnoteries de
college ſont-elles dignes d'vne perſonne de voſtre
âge, (car vous deuez auoir pour le moins 14 ou
25 ans, s'il eſt vray que vous ſoyez Preſtre ?) En
verité, Monſieur, vous auez fait de belles eſtudes
ſi le reſte eſt de meſme.

Mais, dites-vous, *n'eſt-ce pas vne temerité inſupportable à vn Grammairien, à vn Regent de troiſieme,
de corriger l'Eſcriture ſainte*, &c. Ie produiray le reſte de voſtre paſſage tantoſt, ayez patience. Ie
vous diray ſimplement pour l'heure, que vous me
faites pitié, quand vous m'appellez Grammairien.
Si ie vous appellois Theologien, & que ie vous diſſe
par forme de reproche (ce que ie ne feray iamais)
que vous auez leu la Bible pluſieurs fois, que vous
ſçauez l'hiſtoire Eccleſiaſtique parfaitement & que
pour les Peres des quatre premiers ſiecles, vous en
feriez des leçons; Si ie tenois ce langage- là, ie ſerois
vn peu ridicule, ce me ſemble; pource que ie vous
reprocherois la connoiſſance d'vne ſcience qui eſt
digne de tous nos reſpects, & pour laquelle i'auray
toûjours vne extreme veneration. Vous faites à peu
prés de méme, vous me reprochez, Monſieur, que
ie ſuis Grammairien. Ie ne ſçay pas bien encore ſi ie
le ſuis, pour vous dire, mais quoy qu'il en ſoit, il
faut croire que ie le ſuis, car vous le dites; Et ſi cela
eſt, il faut auoüer que vous me faites beaucoup
d'honneur ſans y penſer; De voſtre grace, me voila placé auec des perſonnes extremement con-
ſiderables, & dont les noms ne ſeront iamais mis
en oubly. Apollonius par exemple, Ariſtarque,
Didyme, Herodien, Eratoſthene, Callimachus,
Varron, Iules Ceſar, & plus de 100 autres tant
Grecs que Latins, dont les bons liures vous doi-
uent auoir appris quelque choſe, eſtoient ou Grammairiens

mairiens de profeſſion, ou auoient eſcrit de la
Grammaire.   L'Antiquité les appelloit Philolo-
gues, ces pauures Grammairiens dont vous faites
ſi peu de cas : On les appelloit encore d'vn autre
nom qui eſt plus glorieux que celuy-là, c'eſt le
nom de *Polyhiſtores*, Monſieur, que vous traduirez
les Sçauans, ou comme vous pourrez: car *Sçauant*,
ſimplement, ne remplit pas toute l'étenduë de ce
mot Grec. Or à vous parler franchement, & ſans
rien auancer que beaucoup de gens ne ſçachent :
& dont mes liures ne facent foy; I'ay leu la Bible
plus d'vne fois, i'ay leu d'aſſez bons commentaires ſur le Nouueau Teſtament : Athenagoras, Iu-
ſtin Martyr, Tertullien, Origene, S. Irenée, S. Cy-
prien, Arnobe, Clement Alexandrin, S. Epiphane,
Euſebe & S. Hieroſme, & quelques autres Autheurs
de ces temps-la, ne me ſont pas inconnus. Suppo-
ſons charitablement que vous auez leu ces liures là,
& que vous les auez leus auec ſoin ; nous voilà
égaux:Mais ſi ie vous diſois, (la preuue de ce que ie
diſois paroiſt clairement par les ouurages que i'ay
donnez au public depuis quinze ou ſeize ans) ſi ie
vous diſois que i'ay leu tous les Poetes Grecs depuis
Homere iuſqu'à l'Anthologie, (voilà bien des
gens:) que i'ay leu tout ce qu'il y a d'Hiſtoriens
Grecs depuis Herodote iuſqu'au declin de l'em-
pire de Conſtantinople (voilà encore bien des gens,
& il y en a bien d'autres pourtant :) Deplus i'ay
leu tous les Autheurs Latins depuis les fragmens

d'Ennius iufqu'à Boece; cela eftant, Monfieur, que
dirons nous? Voulez vous que ie dife encore, *Nous
voilà égaux?* Ie m'en garderay bien, car ie n'ay pas
couftume de mentir. D'ailleurs, ie vous ferois tort,
affurément; & vous auriez fuiet de vous plaindre
du Grammairien de Saumur : Vous diriez que la
pureté, que la faincteté de vos eftudes qui font rou-
tes chaftes, toutes celeftes, n'a iamais efté foüillée
des ordures de ces *vilains* Payens, de ces abomina-
bles Ariftophanes, de ces Luciens, de ces Catulles,
de ces Lucreces, de ces Iuuenaux, & de tant d'autres monftres,

Monftres noirs & puans que Megere enfanta
Du fale accouplement du bouc * Kakemphata.
Mais reuenons, il eft temps.

Vn Grammairien qui a tant leu, Monfieur, eft-il
fi fort meprifable ? en trouueriez-vous bien *vne*
grande quantité parmy ceux que ie ne nomme point?
Eft-ce vn homme à eftre pillé par des gens comme
vous, vous qui n'eftes capable que de nous dire, quel
liure on a imprimé depuis peu, où icy, où là? Hé,
Monfieur, trouuez-vous qu'il y ait beaucoup d'ef-
prit à faire cela, faut-il beaucoup de fçauoir ? Vn
petit clerc, ce me femble, à qui on donneroit
deux teftons par iour, en feroit bien autant; Mais
que diroit-on de ce petit clerc, s'il s'amufoit quelquefois à barboüiller les gens comme vous faites?
Le Grammairien de Saumur, qui outre tant de liures anciens, en a leu tant de modernes, ne vaut-il

pas bien le petit clerc ? Eſt-il ſi fort blaſmable, ce
Grammairien, s'il dit trois ou quatre fois en ſa vie,
*Il me ſemble que les Copiſtes du Nouueau Teſtament
ont corrompu ce paſſage.* Et ſi par hazard il le dit,
faut-il employer les grandes figures, faut-il donner vne étenduë extraordinaire à la periode, op-
poſer & les Peres & les Meres, les verſions modernes & les verſions anciennes, le conſentement de
toutes les Egliſes, de tous les ſiecles, & de tous les
Interpretes de quelque nation qu'ils puſſent eſtre,
luy dire qu'il eſt Grammairien, qu'il n'a point de
reſpect pour les Exemplaires, ou Manuſcrits, ou
imprimez : que pour luy l'Eſcriture ſainte eſt cou-
uerte d'vn voile que ſes yeux ne ſçauroient iamais
percer : qu'il ſe taiſe enfin, & qu'il s'applique le
paſſage de Quintilien que S. Hieroſme a trouué ſi
beau ?

Mais changeons d'Idée, (car Hermogene, ce
Rheteur que vous auez tant leu, appelle cela Idée,
comme vous diriez en François *maniere* :) & pre-
nons l'vne apres l'autre quelques-vnes des petites
parties de noſtre grande periode. [*Contre le conſentement de tous les Peres* , dites-vous. Vous auez
donc leu tous les Peres generalement, Monſieur ?
Vraiement i'en ſuis bien aiſe. Mais tous ces Peres,
dont vous parlez, ont-ils defendu en quelque endroit de leurs eſcrits, de corriger les béveuës des
Copiſtes ? Vous ne voudriez pas en venir là ; Car
s'ils auoient tenu vn tel diſcours, & qu'on ſuiuiſt

ce qu'ils auroient dit , tout le corps de l'Escriture
sainte seroit bien-tost en bel estat ; ce seroit iuste-
ment la plaie de Iob, *depuis les pieds iusqu'au sommet
de la teste.* Ces Peres ont-ils tout veu ? n'ont-ils
point laissé de fautes dans le texte sacré ? Ie vous
indiquay dernierement vn Autheur ou deux qui
vous prouueront le contraire : Et si vous voulez
vous transporter au College de Clermont, on vous
en indiquera bien dauantage, car il y a là & des gens
& des liures. Croyez-vous point aussi que tous les
Peres, quand ils citent quelque passage de l'Ecritu-
re sainte, soient entierement conformes ? Vous
n'auez qu'à lire leurs escrits, & vous sçaurez ce qu'il
en faut croire : (souuenez-vous s'il vous plaist, que
ie me tiens toûjours à ce que i'ay dit dans la Censure de la Censure, *systema dogmatum integrum ma-
net* ;) Mais il y a bien plus, Monsieur, ie sçay vn
certain Pere, & ce Pere estoit vn Maistre Pere : Il
sçauoit les beaux Autheurs Latins, il sçauoit beaucoup de Grec, beaucoup d'Hebreu ; Ce saint & sçauant Pere dont ie vous parle, n'est pas si difficile que
vous : Il ne reconnoist pas seulement qu'il y a dans
les escrits sacrez des fautes des Copistes ; il va bien
plus loin. Voicy ses termes que ie me garderay
bien de traduire en François. *In omnibus penè te-
stimoniis quæ de Vetere Testamento sumuntur, istiusmo-
di esse errorem, vt aut ordo mutetur, aut verba, & in-
terdum sensus quoque diuersus sit, vel Apostolis, vel E-
uangelistis non ex libro carpentibus testimonia, sed mu-*

moriæ credentibus, quæ nonnunquam fallitur. C'est
S. Hierosme, Monsieur : & ie l'auois assez bien ca-
racterisé pour faire croire que c'estoit luy, & non
pas S. Augustin ou S. Ambroise. Entre nous deux,
vn Pere qui parle ainsi, est-il de vostre sentiment;
Et si on luy eust dit qu'vn certain Grammairien au
lieu de οἰκοδομηθήσεται, lisoit ἐποιηθήσεται, & ἐπεξειροῖ pour
ἐπιπτέ, croiez-vous qu'il eust traitté ce Grammairien comme vous me traittez, & qu'il eust fait contre luy vne satyre, luy qui s'entendoit pourtant
assez bien en satyres quand l'enuie l'en prenoit?

Vous adioustez, *De tous les Interpretes, de toutes
les versions, &c.*] Mais n'y a-t-il point de fautes
dans *tous ces Interpretes,* n'y a-t-il point de béveües
dans *toutes ces versions anciennes & modernes, dans
tous ces liures manuscrits,* &c. Dites que non, & vous
verrez que l'on vous monstrera bien-tost le contraire: Il faut vous souuenir, s'il vous plaist, que
les simples Interpretes, ie veux dire ceux qui n'ad-
joustent point de Commentaires ny de Notes à
leurs versions, traduisent le texte sans iuger ; & on
a toûjours fait de mesme.

Mais de ce *Regent de troisieme* qui vous mene quelquefois si bien, n'estes vous pas d'auis qu'on en di-
se vn petit mot pour le moins, apres auoir parlé du
Grammairien de Saumur ? Il me semble que cela se
doit. Ie vous diray donc, que vous ne m'auez pas
surpris, Monsieur, en me qualifiant ainsi : ie sçauois
bien que vous ne manqueriez pas de le faire, parce

que ie fçauois bien que c'eftoit vne mauuaife raillerie : & c'eft pour cela que dans la premiere Iournaline, ie m'eftois appellé moy- mefme *petit maiftre
de Saumur.* Mais ce petit maiftre, tel qu'il eft, Monfieur, n'eft point fi petit que vous paroifliez iamais
fort grand aupres de luy : Ce petit maiftre n'eferit
point en Latin comme les autres petits maiftres;
Et il me femble qu'vn autre petit maiftre ne fera
pas volontiers ce que celuy- cy a fait fur Lucrece,
fur Anacreon, fur Ariftophane, pour ne point parler de tout le refte. Auez-vous veu beaucoup de
Regens de troifieme, Monfieur, qui puffent bien traitter la queftion que vous trouuerez à la tefte de Lon-
ginus , ou qui puffent faire feulement vne petite
preface comme celle que i'ay mife deuant les Notes fur Apollodore ? En verité, fi vn *Regent de troifieme* doit eftre capable de faire cela, ie ne fçay pas
bien quelle claffe on vous pourroit donner, fi vous
vouliez prendre employ dans vn College où feroit
vn tel Regent de troifieme. Ie n'ay donc point de
honte, ie vous le dis en confcience, ie n'ay point de
honte que vous m'appelliez *Regent de troifieme* ;
Mais vous deuriez auoir honte , vous, Monfieur,
qu'vn Regent de troifieme fçache les belles Lettres
vn peu mieux que vous, & qu'il foit capable de vous
faire leçon, en attachant fes chauffes, ou en parfu-
mant fes chéueux. Et fi cela n'eft pas faux , vous
ne deuez pas trouuer fi étrange, que ie m'applique
le mot de Simonide , & que ie vous dife auec beau-

coup d'humilité, que des gens comme vous ne sont pas assez habiles pour estre trompez par vn homme comme moy. Quand vous aurez bien leu les Anciens Autheurs Grecs & Latins, & que vous serez deuenu plus vif que vous n'estes à present, nous verrons.

I'ay encore à vous dire vne autre chose, que vous ne sçauez pas, & dont il faut vous parler pourtant, puisque vous m'en donnez suiet; C'est que, Regent de troisieme tant qu'il vous plaira, petit maistre tât qu'il vous plaira, ce n'est point par cette qualité qu'il me faut mesurer, ce seroit plustost par celle de Professeur en la langue Greque : qualité que i'ay refusée il y a déja longtemps, & dans la plus florissante Academie de l'Europe. Toute la Hollande le sçait bien, les lettres tres-obligeantes de Messieurs les Curateurs de l'Academie de Leiden, qui sont quelque part parmy mes papiers, en font foy, & vne certaine Epistre Latine addressée à M. Gronovius, & imprimee auec les autres, vous fera voir ce qui en est. Mais au nom de Dieu, Monsieur, laissons-là & le Grammairien & le Regent : Francfort sur l'Oder, Nimegue, Leiden, Colleges, *Escholes,* Academies, &c. Et croyez vne bonne fois en vostre vie que les noms ne font rien aux choses, & que i'ay aussi peu d'ambition d'estre appellé Professeur Royal, ou Docteur en tout ce que vous voudrez, que i'ay de honte d'estre appellé Regent de troisieme.

Enfin, dites-vous, (& Dieu en soit loüé, Mon-

fieur, puifque c'eft enfin) il vient à ce qu'on a dit dans
le Iournal, qu'il a commenté auec trop d'affectation plufieurs fales endroits d'Ariftophane , & qu'il a meflé ce
qu'il y a de plus impur dans les liures des Payens , auec
ce qu'il y a de plus faint dans le Chriftianifme. Mais il
ne fe iuftifie point fur cet article, foit qu'il ne le puiffe
faire , foit qu'il ne le vueille pas , ou que la matiere luy
plaife. Il fe deffend feulement par l'exemple de quelques
Autheurs, dont la conduite eft auffi blafmable que la
fienne.] Vous dites donc que ie ne me iuftifie point
fur cet article ? Ie l'auois fait neantmoins, M. mais
pardon, la maniere eftoit trop fine pour vous : (ah
Simonide !) Ie penfois qu'il fuffifoit de vous auoir
ietté dans le ridicule, en vous faifant dire p. 31. de
la Cenfure, ce que vous auez leu auec voftre rapidi-
té ordinaire. [Il a paru depuis quelque temps deux
volumes d'Epiftres Latines, où il y a quantité de belles
& bonnes chofes; Il y a auffi là dedans quelques endroits
du Nouueau Teftament dont l'Autheur a parlé : mais
ce qu'il y a de bien eftrange, c'eft qu'on y trouue auffi vne
Comedie d'Ariftophane, dont la verfion eftoit fouhaittée
de toute l'Europe fçauante il y a plus de quarante ans,
& qui eft bien traduite, affurément.] Quoy, vous ne
fentez pas cela, M. Non, dites-vous. Et bien il faut
tafcher de vous le faire fentir, s'il y a moyen. Ie
vous dis donc que chaque lettre de mon liure eft
vn corps finy & acheué ; qu'il n'y a aucune liaifon
entre celle-cy & celle-là : que la nouuelle Zemble
n'eft pas plus éloignée de la Magellanique. Ie vous

dis

dis de plus, que dans les Epiſtres où il eſt parlé de quelque matiere vn peu gaillarde, on n'y parle point du tout du Nouueau Teſtament, que ie ſçache. Que reſte-t-il donc ? *Ah ! mais,* direz-vous, *il y a vne bonne Comedie d'Ariſtophane dans ce liure, & dans ce liure il y a auſſi des paſſages du Nouueau Teſtament.* Et moy ie vous diray vne choſe bien plus eſtonnante, & dont perſonne ne s'eſtonnera que vous, pourtant : C'eſt que dans toutes les bonnes Biblio-theques, on y trouue vn Nouueau Teſtament, on y trouue des Peres Grecs & des Peres Latins, &c. mais dans ces Bibliotheques, on y trouue auſſi vn Petrone, vn Martial, vn Catulle, vn Plaute, vn A-riſtophane, vn Ariſtenet, vn certain Italien qui a fait ce que ie ne veux pas dire; on y trouue les ſtam-pes des Carraches, &c. Ce mélange, qui eſt ſi eſtrange, ſi l'on vous en croit, ne ſcandaliſe point les perſonnes de bon ſens : On ne va point dire aux gens, *Qu'ils meſlent, de la ſorte, ce qu'il y a de plus impur dans les liures des Payens & des débauchez, auec ce qu'il y a de plus ſaint dans le Chriſtianiſme.* He, pourquoy ne le dit-on pas, Monſieur ? Pource que chaque liure eſt finy en ſoy-meſme, & que pour eſtre prés d'vn autre liure, il n'en ſoüille pas la pu-reté, aſſurément. Eſt-ce aſſez, Monſieur, m'enten-dez-vous à cette heure? n'eſt-ce pas là répondre ?

Pour ce qui eſt des *Sçauans dont la conduite eſt auſſi blaſmable que la mienne,* comme vous dites, & dont l'exemple pourtant me deuoit ſeruir auprés

de vous, & flechir vn peu voftre inexorable rigueur,
fi vous n'eftiez naturellement dur; I'ay à vous dire,
Monfieur, que les Princes de la maifon de Lorraine,
que les de Thou, les de Harlay, & tant d'autres Il-
luftres Heros, qui ont fait l'honneur du fiecle pre-
cedent & du noftre, auoient bien autant de iuge-
ment que vous, fi toutes les hiftoires ne font men-
fongeres : Et que pourtant, chofe étrange, & qui
devroit vous étonner, ces Princes, & ces Heros ne
iugeoient nullement comme vous faites. En ce
temps-là, ceux qui faifoient les belles & bonnes
fautes que vous me reprochez, eftoient loüez, e-
ftoient carreffez : Ils n'empruntoient point cent
piftoles, ces Sçauans, que vous condamnez de voftre autorité particuliere; les liberalitez de la Cour
ne leur manquoient iamais, & leurs Mufes chan-
geoient de iupe tous les mois; On ne leur parloit
point de l'*Inquifition Journaline* : (cette honteufe
& ridicule tyrannie euft efté étouffée en naiffant,
par ces Heros, fi elle euft ofé paroiftre.) On ne leur
difoit point, *Venez vous* iuftifier *deuant le tribunal du
faint Office, autrement* Monfieur le Curé *vous trait-
tera d'impies & de profanes, & fera croire aux bonnes
gens, qui ne fçauent ny Grec ny Latin, que vous eftes
brulables comme des Athées : Que vous auez foüillé
le Sanctuaire de toutes les ordures des Payens : Que vous
auez placé faint Paul & faint Iean auprés d'Ariftophane & de Plaute, & que dans vos ouurages Chrift eft
auprés de Belial, & les Demons auprés des faints Anges.*

Adieu, Monſieur. A propos, direz-vous encore que ie n'ay pas bien profité de la lecture d'Ariſtophane ? Si vous le dites dauantage , je prie Dieu de tout mon cœur , & de toute l'ardeur de mes deſirs , qu'il vous face la grace de rencontrer bien-toſt quelqu'vn qui l'entende vn peu mieux que le Grammairien de Saumur , & qui vous en donne comme il faut. Car pour moy ie me laſſe de verbaliſer auec vous : Et ne trouue pas qu'il y ait beaucoup d'henneur à me commettre auec vn homme qui ne fait que ce que vous faites. Ces *Billevezées Hebdomadaires* , dont le Sçauant Mr. Menage vous fit vn plat il y a quelque temps, ne ſont pas vne tant belle choſe : au moins faiſeurs de billevezées ne ſont pas mes gens.

EXTRAIT DV IOVRNAL DES

Sçauans, du Lundy 12. Juillet , M. DC. LXVI.
pag. 323. Par le Sr. G. P.

IL ſeroit à ſouhaitter pour l'entiere iuſtification du Iournal des Sçauans, que tout le monde euſt leu ce libelle dans lequel M. le Fevre cenſure vn article du 18. Iournal, où il eſt parlé des deux volumes de ſes Lettres. Mais puiſque ce libelle eſt deſia ſi décrié que perſonne ne veut plus prendre la peine de le lire, on a creu eſtre obligé d'en donner icy vn extrait, afin que ceux meſmes qui ne le verront pas , puiſſent iuger de l'iniuſtice de la plainte de cet Autheur par la foibleſſe de ſes raiſons.

Il pretend qu'on a vſé de mauuaiſe foy lors qu'on luy a imputé d'auoir dit que Tite Liue a ignoré ce que veut dire le mot *Classis*. Il souftient qu'il ne s'eft pas feruy du terme d'*ignorer*, & qu'il a feulement dit que Tite Liue ne s'en fou-uenoit pas. Mais il ne fe fouuient pas luy mefme qu'il a dit en termes exprez, qu'on ne doit pas trouuer eftrange qu'il dife que Tite Liue a *ignoré* la fignification de ce mot. Il fe plaint encore de ce qu'on a dit *qu'afin qu'on ne fuft point furpris de fa hardieffe, il auoit adioufté, qu'il a monftré dans fes Notes fur Phedre, qu'Ariftote ne fçauoit pas mieux le Grec, que Tite Liue le Latin.* Mais pour le conuaincre il ne faut que rapporter fes propres paroles. *Non minus æquo animo, dit-il, elegantiores homines laturi funt reprehendi à no-bis Liuium in cognitione Latinitatis, quàm nuper in noftris ad Phædrum notis Ariftotelem in cognitione fermonis Græci repre-henfum fuiffe patienter tulerunt.* Pouuoit-on traduire ce paf-fage plus fidelement qu'on a fait? Car de pretendre, com-me M. le Fevre femble faire, que ces mots *Latinitas & fermo Græcus* ne fignifient pas abfolument *le Latin & le Grec*, mais feulement *vn mot Latin & vn mot Grec*, c'eft ce qu'il aura de la peine à faire croire; Et certainement il auroit mieux fait de paffer cet article fous filence, ~~que d'auoir recours~~ à vne fi méchante défaite.

Mais quoy qu'il femble fe repentir d'auoir parlé fi har-diment, il ne fçauroit s'empefcher de dire qu'il eft affez ha-bile homme pour apprendre non feulement à ces deux grands perfonnages, mais encore à plufieurs autres cele-bres Autheurs de l'Antiquité des fecrets de leur langue qu'ils n'ont pas entendus. Là deffus il fe met fur fes loüan-ges, Il dit que fes liures font admirables, *qu'il faut fentir à demy-mot le beau & le fin des penfées & des expreffions pour juger de fes ouurages, & que ceux qui ne les gouftent pas, ne font pas affez fins pour eftre trompez par vn homme comme luy.*

Pour ce qui eft du paffage de Terence qu'il a voulu refta-blir par le moyen du texte Grec d'Apollodore qu'il n'a ja-mais vû, il dit que cette maniere de corriger les Autheurs n'eft pas fi difficile qu'on penfe. Et pour le prouuer par vne authorité qu'on ne puiffe contredire, il cite vn Au-

theur qu'il *dit eſtre Sçauant & ſpirituel du conſentement de tout
le monde.* Cét Autheur ſçauant & ſpirituel c'eſt M. le Fevre luy meſme. Mais par malheur l'exemple qu'il apporte
eſt hors de propos. Car il dit que par vn paſſage de Plaute
qui n'eſt point corrompu, il a deuiné comment il y auoit
dans l'original Grec que Plaute a traduit: ce qui n'eſt pas
ſurprenant, n'y ayant pas beaucoup de difficulté à iuger
par vne bonne copie, comment eſtoit fait l'original.
Mais s'enſuit-il de là qu'on puiſſe corriger vne copie cor-
rompuë par vn original qu'on n'a iamais vû, & encore
qu'on la puiſſe corriger par vne gradation de fictions auſſi
chimeriques que celles qu'a faites M. le Fevre ? L'exemple
dont il ſe ſert ne prouue rien moins que cela, & il faut
auoir vne grande demangeaiſon de ſe citer ſoy meſme,
pour ſe citer ſi mal à propos.

Ce qu'il dit touchant les pretenduës corrections qu'il
a faites dans l'Eſcriture ſainte eſt encore moins raiſon-
nable. On a auancé dans le Iournal qu'il auoit touché à
quantité d'endroits de l'Eſcriture ſainte : Il ſe récrie ſur
le mot de *quantité*, il dit que c'eſt vne impoſture, & qu'il
n'a touché qu'à *huit* paſſages. Son Arithmetique eſt auſſi
fine en cet article, que ſa Critique l'eſtoit dans l'autre :
Car on auoit crû iuſqu'icy que *huit* faiſoient nombre. Il
declare en ſuite qu'on s'eſt trompé dans le Iournal, quand
pour l'excuſer on a dit, qu'on preſumoit qu'il n'auoit pas
eu intention de rien corriger dans le Texte ſacré. *Croyez
pluſtoſt tout le contraire*, dit-il, *& vous croirez ce que je croy.*
Mais n'eſt ce pas vne temerité inſupportable à vn Grammairien, à vn Regent de trolüéme, de corriger l'Eſcriture ſainte contre le conſentement general de tous les
Peres & de tous les Interpretes, de toutes les verſions
anciennes & modernes, de tous les liures tant manuſcrits
qu'imprimez, & de pretendre que tout ce qu'il n'ap-
prouue pas, ne ſçauroit eſtre de l'Eſcriture ſainte ? Il
deuoit ſe ſouuenir de cette ſentence de Quintilien qu'il
a miſe pour ſa condamnation à la teſte de ſon libelle,

qu'on feroit trop heureux , s'il n'y auoit que les Maiſtres de l'Art qui ſe meſlaſſent d'en iuger.

Enfin il vient à ce qu'on a dit dans le Iournal, qu'il a commenté auec trop d'affectation pluſieurs ſales endroits d'Ariſtophane, & qu'il a meſlé ce qu'il y a de plus impur dans les liures des Payens, auec ce qu'il y a de plus ſaint dans le Chriſtianiſme. Mais il ne ſe iuſtifie point ſur cet article, ſoit qu'il ne le puiſſe faire, ſoit qu'il ne le vueille pas & que la matiere luy plaiſe. Il ſe deffend ſeulement par l'exemple de quelques Autheurs, dont la conduite eſt auſſi blaſmable que la ſienne. Apres cela il fait vne digreſſion ſur les loüanges d'Ariſtophane, & il dit que c'eſt ce Poëte *qui luy a appris ce que c'eſt que raillerie, qui luy a appris à eſtre mocqueur.* C'eſt de cette belle qualité que ſe picque M. le Fevre. Il ſeroit facile de luy monſtrer qu'il a tort de le faire, & qu'il a tres-mal profité des leçons d'Ariſtophane. Mais l'Autheur du Iournal ne luy diſpute point cette qualité: Il ne veut pas meſme luy rendre iniure pour iniure, quoy que M. le Fevre luy en ait dit d'atroces, & qu'il y ait vne aſſez belle matiere pour luy reſpondre.